Carl Ignaz Geiger

Laster ist oft Tugend oder Leonore von Welten.

Ein deutsches Originaltrauerspiel in drei Aufzügen

Carl Ignaz Geiger

Laster ist oft Tugend oder Leonore von Welten.
Ein deutsches Originaltrauerspiel in drei Aufzügen

ISBN/EAN: 9783743471955

Hergestellt in Europa, USA, Kanada, Australien, Japan

Cover: Foto ©Andreas Hilbeck / pixelio.de

Manufactured and distributed by brebook publishing software (www.brebook.com)

Carl Ignaz Geiger

Laster ist oft Tugend oder Leonore von Welten.

Laster ist oft Tugend
oder:
Leonore von Welten.

Ein

teutsches Originaltrauerspiel

in drey Aufzügen.

Nach

einer wahren Geschichte bearbeitet

von

Dr. Geiger.

Frankfurt am Mayn,
bey Johann Gottlob Pech, Buchhändler.

Personen.

Der Fürst von Hohenberg.

Baron Ekkof, Höfling des Fürsten.

Von Wallenfort.

Kunigunde, seine Gattin.

Leonore, ihre Tochter.

Eduard von Welter, ein engländischer Offizir, Lenorens Gatte.

Ludwig sein Sohn, ein Knabe von ohngefehr 7 Jahren.

Ein Kerkermeister.

Ein Bedienter.

Vorbericht.

Obschon der Stoff zu diesem Trauerspiele eine wahre Geschichte enthält, die sich, wo ich nicht irre, im Jahre 1782, zu — im — s—chen, in der Hauptsache wirklich ereignet hat: so wird man sich gleichwohl vergebens bemühen, Orte und Personen zu errathen; weil die Namen derselben vorsetzlich verändert, die Situationen mit Dunkel umhüllet, die Karaktere mit fremden Zügen vermischt sind, und die ganze Darstellung stark in Schatten gesetzt ist: wie dann der Mord des wollüstigen Tyrannen blos Dichtererfindung ist. Ich glaubte, diese Erklärung thun zu müssen, um die schiefen Auslegungen zu verhüten, die der Leser so gerne zu machen pflegt.

Allein dieß ist nicht die einzige Seite, von der sich ein Autor dem Mißverständnisse aussetzt. Ich habe z. B. in meinem John Littleman *), mit aller Mühe, die ich mir gab, die Mißverständnisse in meiner Vorrede zu berichtigen, gleichwol nicht verhindern können, daß nicht Herr von E*** in München, der sich in dem Karakter meiner Mariane getroffen glaubte, eine Rezension gegen mich in die salzburger allgemeine Litteraturzeitung einrücken ließ, worin er mir voll Unwillen gar nicht vergeben kann, daß ich — meine Mariane, ein Mädchen von so verfeinerter Empfindung — NB. sie ligt an Quellen, spricht mit Veilchen, sizt in Mond, und weint — gleichwol eine pöpelhafte Sprache habe sprechen lassen; indem ich sie mit ihrem

---

*) Der teutsche Engländer, oder Sir John Littleman, ein teutsches Originalluftspiel in 4 Aufzügen, worin nicht geheuratet wird.

Kammermädchen gegen meinen Littleman, verschmähter Liebe halber, heftige Schimpfworte ausstoßen, und so ein Plänchen der Rache schmieden ließ. Sonst tadelte, oder lobte Herr Rezensent am ganzen Stücke schlechterdings nichts.

Warum nun gerade dieß Herr v. E. so verdroß, daß er darob alleine seinen Unwillen in einer eigenen Rezension von sich gab, und all das Gute, daß sonst jeder dem Stücke zugesteht, sorgfältig unterdrückte: kann, wer ihn kennt, leicht errathen. Aber dieß ist schwer zu begreifen, wie Herr v. E. vergessen konnte, daß eben dieser Zug, den er an dem Lustspiele tadelt, zu dem Karakter meiner Mariane wesentlich gehörte; daß es Vorsatz war, diese Pöpelhaftigkeit mit hinein zu verweben; weil sie dieser Art empfindsamer Geschöpfe — das mußte doch wohl der gute Mann wissen! — noch gerade am Meisten eigen ist. Empfindung und Verfeinerung sollte demnach hier blos Affectation; aber Pöbelhaftigkeit, Mangel an wahrem Feingefühle sollte Natur seyn. Ich wollte zeigen, daß eben diese empfindlende, superfeine, sanftschmachtende und süßlißplende Marionetten, die boshaftesten, rachgierigsten und pöbelhaftesten Menschen sind, wenn sie gereizt werden. Dies wird mir jeder Menschenkenner bezeigen; und ich finde in wohl belobter Rezension eine Ursache mehr, mich in dieser Meinung zu bestärken. —

Eben so leicht könte der salzburger Rezensent mir bey gegenwärtigem Stücke den Vorwurf machen: daß ich Kunigunden, einer so frommen Frau, verführerischen Zureden, gegen ihre eigne Tochter in den Mund legte: ohne zu bedenken, daß diese fromme Frau eine Betschwester, wie die verfeinerte Mariane eine Empfindlerin war, und daß jene die wahre Frömmigkeit so wenig, als diese die wahre Empfindung kennt.

Er könnte mir ferner vorwerfen, daß ich ein so edles, tugendhaftes Weib, wie Leonore, zugleich als lasterhaft darstelle: ohne zu bedenken, daß eben diese Tugend und Erhabenheit der Seele, die Quelle des Lasters war, seyn mußte; daß Leonore nie Ehebrecherin, ohne diese außerordentliche Kindesliebe; nie Selbstmörderin, ohne dieses äußerst feine, erhabene Ehrengefühl, ohne diesen edlen, hohen Stolz, geworden wäre.

Ich will daraus darthun, wie oft die schönsten Triebfedern unserer Seele uns den Schwung zu Handlungen geben, die der große Haufe Laster nennt, und die es — im Durchschnitte — wohl auch sind; ich wünsche, dadurch Aufmerksamkeit auf die Warheit zu erregen: daß der Mensch, der ein Laster begeht, oft so wenig aufhöret, ein edler Mensch zu seyn, daß er vielmehr eben darum es nicht selten in einem weit höhern Grade ist; und daß, um hierüber zu urteilen, etwas mehr, als Kaysers Karl V. peinliche Halsgerichtsordnung, erfodert werde. Eben darum glaube ich nicht ohne Grund sagen zu können: Laster ist oft Tugend; oder, was auf eins hinaus läuft, das Resultat der Tugend. Aber eben darum glaub ich auch, daß wahre Seelengröße nicht für diese Welt, oder diese Welt nicht für wahre Seelengröße sey.

Ich bitte, daß mich niemand beurteile, der dieß nicht versteht. Wer aber die tausend Nuancen menschlicher Handlungen; wer die Tiefen des Herzens, wer den Gang der Leidenschaften, die Schnellkraft und das Hochgefühl der Seele kennt, wird mich verstehn: und nur Ihm sey dieß Stück gewidmet; nur Sein Beifall sey mein Wunsch, und Sein stilles Mitgefühl mein Lohn, wenn ich welchen verdiene!

Carl Geiger.

Erster Aufzug.

Erster Auftritt.

Zimmer des Fürsten. (Der Fürst sitzt vor einem Tische mit Papieren.)

Der Fürst alleine

(indem er eins der Papiere in der Hand hält.)

Des trägen, verhaßten Gewäsches von strotzenden, mühsam gezwungenen, höckerichten, ehlenlangen Perioden, worunter der Sinn verplümpft und verwalstet stickt, wie die Dame Quintagnone, Oberhofmeisterin der Königin Genievre, von der Zähe bis aus Kien, in Gekröse, Vertugade, Fischbeinpanzer und Reifrock. ɾc. ɾc. Daß sichs diese Herren nun einmal nicht wollen nehmen laſſen, gravitätiſchen Uhſinn zu ſchwatzen! Aber abgeſchaft ſoll mir das Zeug noch werden, ſo wahr ich Fürſt bin! — (Als er wieder hinein ſiht.) Wie? was? die Bürger meiner Stadt beklagen ſich über meinen beſtändigen Aufenthalt im Auslande! (lieſt) „Gewerb und Handtierung müſſen „notwendig zu Gründe gehen: wenn Eure Durch„laucht, wie bisher, fortfahren, die Schätze „unſeres Vaterlandes uns zu entziehen, und „in fremden Ländern zu verzehren.„ — Welche Vermegenheit! Dumme Beſtien! glaubt Ihr, daß ich meinem Vergnügen entſagen werde, damit Ihr deſto bequemer leben könnt? Mögen Sie immer auch nach Pohlen und Ungarn wandern, wohin ſchon ſo viele aus meinen Ländern gewandert ſind!

(Steht auf.) Aber bin ich doch weniger, als jemals zu dieſen trockenen Abgeſchmacktheiten aufgelegt! — O! überall Sie — nur Sie! Ihr Bild begegnet mir, wo ich hinſehe, füllet alle meine Sinne, ſpannet alle Nerven — mein einziger Gedanke, mein einziger Wunſch — Sie! Sie! — Und ach! dieſer Widerſtand — mit dem ſie allen meinen Anträgen begegnet — dieſer edle Stolz, mit dem Sie meine Unerbietungen zurücke weißt — dies unüberwindliche Ringen, gegen dieſe unüberwindliche Gewalt — o! wie dies all mein Feuer mehr aufacht, alles was Begierde iſt, aufjagt!

Aber — (besinnend) — bin ich nicht Fürst? Ist Sie nicht in meiner Gewalt? Und ich wollte den wimmernden, schmachtenden Seladon spielen? mich unter die Kaprizze eines Weibes ducken, die meiner nur spottet? — Ha! Lora! mein sollst Du werden — solltest Du — sollte ich — sollte mein ganzes Fürstentum drüber zu Grunde gehen! und Dein Widerstand soll deinen Fall nur desto gewisser, und meinen Sieg desto süßer machen! . . .

Ein Bed. Baron Ekhof!

Fürst. Laßt ihn rein. (Bed. ab.) Der kömmt mir eben recht.

Zweyter Auftritt.

Baron Ekhof. Der Fürst.

Der Fürst. Sie kommen, wie gerufen bester Ekhof! ich brauche Ihre Dienste.

Ekk. Eure Durchlaucht kennt meine unbeschränkte Ergebenheit.

Fürst. Sie wissen, ich liebe die Welten — und die Frazze macht Krimassen: ich will sie glücklich machen; will ihre Familie mit Woltaten überhäufen — die Leute brauchens — und die Närrin sträubt sich dagegen, wie ein Kind. Aber Kindern muß man ihren Willen nicht lassen — und kurz! ich bin Fürst — ich will — Sie verstehen dieß, Ekhof. Wie mein Wille am Besten auszuführen sey: davon ist itzt die Frage.

Ekhof. Das überlassen Sie mir, gnädigster Herr! Ist es das erste Mal, daß ich Ihnen in ähnlichen Fällen meine Erfindungskraft gezeigt habe?

Fürst. Aber wie meinen Sie? —

Ekhof. (nach kurzem Besinnen.) Eure Durchlaucht verreist z. B. nach — nach — wohin Sie meinetwegen wollen — bleiben aber in geheim auf Ihrem Schlosse Eulenburg: und eh die Sonne dreimal untergeht — bringt Ekhof das Häschen in die Küche! dafür steh' ich mit meinem Kopfe — und der Teufel soll nich wissen wo's hingekommen ist. Kirre soll den bald der Braten werden, wenn man wacker zuschiert. — Gefällt Ihnen dieß Jepromptu?

Fürst. Brav alter Jäger! Nicht wahr, hättest eben auch gerne Dein Jägerrecht davon? — Aber das Geschrey, der Lärm, der ungewisse Erfolg — — (nachdenkend) nein! mir fällt was bey. Sie kennen die schwärmerische Liebe Lenorens zu ihrem Vater, die wenigstens eben so stark als ihre Tugendliebe ist. Die soll mir siegen helfen. Ich will die Vaterliebe gegen die Tugendliebe in Kampf bringen — und ich müßte weniger Kenner des weiblichen Herzens seyn: wenn nicht die erste über die letzte die Oberhand gewänne. So soll der Alte, der ihr eben diese Hirngespinste von Tugend ins Köpfchen gesetzt hat — er selbst soll das Werkzeug zu ihrem Falle werden! — Sie stutzen?

Eck. Ich erstaune über das feine Gewebe Ihres Witzes, ohne es ganz zu begreifen.

Fürst. Sie wissen doch, welche Inzichten des gröbsten Verbrechens wider Wallenfort, Leonorens Vater, am Tage liegen?

Eck. Die — die — mir nicht gleich beifallen.

Fürst. Wie? War ers nicht, der mit den rebellischen Bauern, die den Aufruhr, wegen der neuen Auflagen gegen mich erregten, offenbar im Komplotte stand?

Eck. Warhaftig! wie vergessen ich bin, daß ich nicht dran dachte!

Fürst. Hat er sich nicht selbst in öffentlichen Sitzungen zu der Partie derselben bekannt, indem er sich ihrer mit der unverschämtesten Freiheit gegen mich annahm, und mir die gröbsten Beleidigungen sagte? Sah man sie nicht in der Dämmerung bey ihm ein und ausgehn? Ich wundre mich nur, wie ich die Langmut gegen den Verwegnen so weit treiben konnte, um ihm nicht schon lange den Prozeß zu machen.

Eck. In der Tat, ich wunderte mich schon lange selbst darüber. Denn zeigt er nicht bey jeder Gelegenheit den Geist der Wiederspenstigkeit und des Aufruhrs? Mit welcher Respectvergessenheit verteidigte er erst kürzlich gegen Eure Durchlaucht die Sache des Bauern, den Sie zu 50 Stockprügeln und 6 jähriger Zuchthausstrafe verurteilten, weil der Spitzbube Ihr Wild auf seinem Acker schoß?.

Fürst. Der Kerl mußte doch meine Befehle. Mag er sichs zuschreiben, daß sein Weib und seine Kinder indeß im Elende darben müssen, oder von Haus und Hofe gejagt werden. — Feste und mit stahlernem Herzen muß der Fürst auf seine Gebote halten: jeder Schurke könnte sonst auf unsere Menschenliebe sündigen. Auf die Hauptsache zu kommen: Wallenfort ist also ein Majestätsverbrecher, ein Hochverräter! und ich will, daß er als ein solcher behandelt werde. Sie bestell ich hiermit zum ersten Kommissär, machen Sie vor der Hand unverzüglich die Anstalten zu seiner Gefangennehmung. Ich werde indeß die fernern Befehle an ihre Stellen ergehen lassen. (Geht ab).

Ekkof allein. Der arme rechtschaffene Wallenfort! er ist so unschuldig, wie ein Kind; das bin ich gewis. Aber — (indem er sich ängstlich umsieht) — Gott bewahre mich, daß ich dies sage! es könnte mich um die Gnade des Fürsten bringen. Da seh' ich ja wieder, wo's hinausgeht mit den schwärmerischen Ideen von Rechtschaffenheit, von Rechtfertigung der Unschuld, Verteitigung der Menschheitrechte — und wies die Fantasten all heisen. Was Menschheit! Mein Grundsatz ist: Ein jeder sorge für sich, und suche, wie er durchkömmt. (ab.)

Dritter Auftritt.

Zimmer in Wallenforts Hause.

Leonore, Ludwig.

(Leonore in schwarzer Kleidung, sitzt traurig und nachdenkend vor einem Tische, worauf eine Landkarte ausgebreitet liegt. Ludwig steht vor ihr.)

Ludwig, (indem er mit dem Finger nach der Landkarte zeigt.) Nicht wahr, Mama! da liegt das Land, heißt Amerika, wo die bösen Männer den Papa erschossen haben. Müssen rechte garstige Leute seyn, das; der Papa war ja so gut sagst Du, er hat Ihnen gewiß nichts zu leide getan.

Len. O der herzzermalmenden Einfalt! (Sie neigt sich zu ihm herab, und küßt ihn.) Teures Ebenbild meines unvergeßlichen Eduards! mein Alles! mein Einziges was ich von ihm habe! O, wenn er Dich itzt sähe, Dein lieber Vater, wenn er Dich sähe! Wie oft, als Du noch ganz klein warest, und auf unsrem Schose spieltest, wie oft unterhielten wir uns da von den Freuden, die wir an Dir haben würden, wenn Du erst noch größer wärest. Gott! hätten wir es damal gedacht, daß Dein Vater diese Freuden nicht mehr erleben sollte? (Sie verbirgt ihr Gesicht ins Schnupftuch, und weint schweigend.)

Ludw. Weine nicht liebe Mama! Der Papa sieht mich ja vom hohen Himmel herunter, und hat Freude an mir, hast Du oft gesagt, wenn ich brav bin.

Len. Und wie er von mir Abschied nahm — und nicht sprechen konnte — mich an sein Herz drückte — und Dich — und mich wieder — und seine letzte stamlende Worte waren: „Lora sorge „für den Knaben!„ Dann im wilden Tone der gedrängten Natur sich das letzte schröckliche Lebewohl! hindurch arbeitete — und ich, wie vom Donner betäubt, voll banger Ahndung dahin sank...... o, er ahnte nicht, daß wir uns nie sehn würden!.... (Nach einer Pause des stummen Schmerzens.) Ach! wer mir das an dem heutigen Tage vor acht Jahren gesagt hätte! Gott! welche Erinnerung! welcher Tag! der Tag, der mich mit meinem Eduard verband!.... O mein Eduard! (Sie weint stärker.)

Ludwig, (gerührt und schluchzend.) O mein Papa! mein lieber Papa!

Vierter Auftritt.

Wallenfort, die Vorigen.

Wall. (Der ihnen zugehört hatte, und sie bey den letzten Worten umarmet.) Hier, meine Kinder! hier ist Euer beben Vater!

(Leonore und Ludwig küssen ihm die Hände.)

Leon. O, mein Vater!

Wall. Du bist traurig, meine Tochter! Ich kenne Deinen Schmerz. Die Jahreserinnerung des heutigen Tages reißt die Wunde Deines Herzens wieder auf. Auch ich fühle tief im Herzen Eduards Verlust — und gerne wollt' ich die wenigen Tage, die mir noch übrig sind, hingeben, wenn ich ihm dadurch die seinigen erkaufen könnte. Aber sein Tod war nun einmal vom Schicksale beschlossen, das alles zu unsrem Besten füget. Murre nicht dagegen, meine Tochter! Gott hat Dir dafür Deinen Ludwig gegeben, und einen Vater, der auch sein Vater seyn wird. Wie viele Deines gleichen sind, denen auch dieser Trost nicht gelassen ist!

Leon. O mein Vater! hätt' ich auch Sie nicht: wie könnte ich meine Leiden überleben?

Wall. Nun, so sey dankbar für das, was Dir Gott ließ, durch Geduld und Ergebung in seinen Willen.

Leon. Ja, mein Vater! das will ich.

Fünfter Auftritt.

Kunigunde, die Vorigen.

Kunig. Guten Morgen, meine Lieben! (Zu Ludwig, der ihr die Hand küßt.) Hast Du schon Dein Morgengebet fleißig gebetet Ludwig? Du kannst doch wol schon eines?

Ludw. Nein, liebe Großmama!

Kunig. Das ist auch gar nicht schöne. Der Junge ist alt genug; Du solltest ihn schon hübsch beten lehren, Lenore!

Len. Ich denke immer, liebe Mama, wenns die Kinder auswendig lernen: so gewöhnen Sie sich daran, das Ding so mechanisch daher zu plappern, wie ihr A – b – c, ohne daß Sie wissen, was sie sagen; und dann hab ich auch so meine eigne Andacht mit dem Knaben, die ich von meinem Eduard gelernt habe. Ich führe ihn frühe — wenns schön ist — in den Garten; zeig ihm den Aufgang der Sonne, das würdigste Bild der Gottheit, wie's mein Eduard zu nennen pflegte — und mach ihn aufmerksam auf die Schöpfung — wie da alles wächst, und blühet und grünet — und all so schön ist. — Das macht dem Knaben ein angenehmes Schauspiel — wenn er dann sich deß so recht inniglich freut — und sein Herz der Empfindung offen ist: sieh — sag ich ihm — all das und noch weit mehr hat der liebe Gott für uns erschaffen: laß uns ihn dafür auch recht von Herzen lieben, und sey folgsam: dann dieß ist ihm das Liebste, was Du thun kannst. Dann verspricht er immer recht aus warmen Herzen, Gott zu lieben, und folgsam zu seyn. Und wenn er im Tage was versieht: erinner' ich ihn an sein Versprechen — und alles ist gut.

Ludw. Ja, liebe Großmama! es ist gewis wahr.

Kunig. Das ist nun wieder von Eurer Moderziehung. Aber ich sage immer: unsre Voreltern waren auch gescheide und brave Leute — und sie beteten hübsch ihr Morgengebet — wie's in Büchern stand. Die fromme Einfalt ist dem Herrn gefälliger: als das überkluge Grübeln. Und (bedeutend zu Lenoren) — man weiß oft nicht, wo ein Unglück herkömmt. — Aber Du siehst ja ganz verweint aus: was ist Dir?

Len. Ach liebe Mama! können sie vergessen, was mich ohne Unterlaß peinigt? Und der heutige Jahrstag meiner Verlobung — ein schröcklicher Traum, der mir diese Nacht erschien — eine innere Ahndung — ach! alles hilft zusammen, mich heute mehr als gewöhnlich zur Wehmuth zu stimmen.

Kunig. Ein Traum? ein Traum? — Was dann vor einer, meine Tochter? erzähl uns Deinen Traum: daß ich Dir sage was er bedeute. Meine Auslegung hat allemal richtig eingetroffen. Das hab ich von meiner Mutter und Großmutter; die wußten auch alle Träume zu deuten. Da war kein Todesfall in unserer ganzen und da staubs gar schön, daß es einen Todesfall aus der Famillie bedeute; nnd bald darauf hört, ich auch den Todenhammer.

Wall. Possen, liebe Frau! Possen! Ein schwerer Traum kann oft zufällig oft darum wahr werden: weil er aus gewissen dunklen Ideen — andre nennens Ahndungen — entsteht: wozu die Prädisposition schon in uns und in den Umständen liegt, die uns umgeben. Aber laß doch Deinen Traum hören, Lenore!

Len. Hören Sie dann. Es war eine schwarze schauernde Nacht. Der Donner rollte schröcklich in den dicken Wolken — und schmetternde Blitze erleuchteten die Finsterniß. Ich stand mit Ihnen, meine Mutter! auf einem Felsen am Abgrunde des Meeres. Das Meer tobte, und schäumte fürchterlich — und hochauftürmende Wellen drohten uns zu verschlingen. Plötzlich — hu! mir schaudert ob der blosen Erinnerung — plötzlich erblickt ich Sie, mein Vater, in den Fluten. Ich verlor alle Besinnung; lag in dem Augenblicke im Meere und hatte gar keinen Gedanken, als Ihnen zu helfen, oder mit Ihnen zu sterben. Bald hoben uns Berge von Wellen himmelan; bald verschlaug uns ein tiefer Abgrund — itzt stiegen wir wieder auf türmenden Wellen empor — sieh da? plötzlich zerteilt sich der schwarze Himmel — eine feurige, niederschwebende Wolke erlenchtet die furchtbare Tiefe, und die graunvolle Nacht. Sie kam uns in

dem Augenblicke nahe, und Gott! — mein
Eduard stand, wie ein Seraph in der Wolke!
Er streckte seine Hand nach uns aus; ich wollte
sie fassen: als ein entsetzliches Ungeheuer — meine
Gebeine zittern mir, wenn ich dran denke — ein
Ungeheuer, wie kein schröckliches in der Natur ist,
seinen unermeßenen Rachen aus der See gegen uns
streckte, und — mich verschlang! Ein Blitz aus der
Wolke schleuderte Ju gleicher Zeit, doch zu spåte
in den Abgrund, und — ich war hin! — Drauf
erwacht ich in Todesschweißen, und noch kann
ich mich von meiner Bangigkeit nicht erhohlen.

Wallenf. In der Tat schröcklich! Deine bloſe
Erzählung schon hat mich heftig angegriffen.

Kunig. Eine feurige Wolke — ein Unge=
heuer — — Was das zu bedeuten haben mag?
Geh Ludwig, hol mir doch mein Traumbuch;
es liegt auf dem Betstule in meinem Schlaf=
zimmer, neben der Legende, dem schönen, grof=
sen Buche, aus dem ich des Sonntags oft vor=
lese; weißt Du? (Ludwig geht.)

(Ein Bedienter tritt auf.)

Bed. Ein Offizier von der Wache verlangt
Euer Gnaden — (zu Wallenfort) — allein zu
sprechen.

Wall. (zu seiner Frau und Tochter.) Verlaßt
mich einen Augenblick. (Beyde gehen ab.) (Zum
Bedienten.) Laßt ihn herein kommen. (Der Bed.

(Ein Offizier, Wallenfort.)

Offiz. Mein Herr von Wallenfort, es ist mir wahrhaftig leid, daß ich der Ueberbringer einer unangenehmen Nachricht an Sie seyn muß. Ich habe fürstlichen Befehl, Sie mit in Arrest zu nehmen.

Wall. (heftig.) Mich, in Arrest? — Herr Hauptmann! —

Offiz. Einmal, es ist nicht anders.

Wall. Und warum? Was hab ich verbrochen?

Off. Das ziemt mir nicht, zu untersuchen. Ich muß meine Pflicht tun: und Sie werden die die Ihrige in diesem Falle wissen.

Wall. Gut; ich gehe. Nur will ich vorher noch meine Frau und Tochter sprechen.

Off. Ich habe Order, Sie nicht aus den Augen zu lassen.

Wall. (mit verbissener Wut.) Hölle! (klingelt.) (Der Bediente kömmt.) Meine Frau und Tochter. (Bed. ab.)

Kunigunde, Lenore, die Vorigen.

Wall. Der Herr Hauptmann hat fürstlichen Befehl, mich in Arrest zu führen.

(Kunigunde und Leonore, heftig erschrocken.) In Arrest?

Wall. Erschreckt nicht, meine Lieben! ich bin unschuldig, und kann mir gar nicht vorstellen, was zu einem solchen Verfahren Anlaß gegeben habe.

Knnig. In Arreſt, mein Gemal? der dem fürſtlichen Hauſe ſo lange und ehrlich gedient hat. Was hat er verbrochen — he? — Herr! ſagen Sie dem Fürſten, er ſoll dafür die Spitzbuben, die er in ſeinem Lande heget, in Arreſt ſetzen laſſen: nicht einen ehrlichen, treuen Diener, wie mein Gemal. Verſtehn Sie mich? Das ſagen Sie ihm. Und er ſoll mir nicht fort, mein Sigmund, ſag ich Ihnen: ehender will ich Ihnen und dem Fürſten die Augen aus dem Kopfe kratzen; und ſollt ich gleich darüber auf dem Schafote ſterben müſſen! Das will ich! Hören Sie?

Wall. Still doch, meine Liebe! ich bitte Dich.

Offiz. Das kann all nichts helfen, gnädige Frau! und Sie würden die Sache Ihres Herrn Gemals nur deſto ſchlimmer machen.

Wallenf. Seid ruhig. Meine Unſchuld — das hoff ich zu Gott — muß ſich bald entdecken: und dann bin ich wieder bei Euch.

Knnig. O mein Sigmund! mein Gemal! Die Barbaren! die Hunde!

Leon. (umfaßt ihn weinend.) Nein, mein Vater! bleiben Sie noch, bleiben Sie! Ich will zum Fürſten gehn; will mich zu ſeinen Füſſen werfen, ſeine Knie umfaſſen, und nicht ehender aufſtehen, als bis ich Ihre Freiheit erhalten habe.

Offiz. Das können Eure Gnaden alsdann noch tun: itzt muß ich meine Befehle vollziehn. Kommen Sie, Herr von Wallenfort!

Wall. Tue es nie, meine Tochter! Unschuld braucht keine Vorbitte. Seid ruhig ich bitt' Euch. Lebt wol!

(Beide hangen weinend an ihm. Er reißt sich los.) Lebt wol!

Beide zugleich (Mein Gemal!
(Mein Vater!

Ende des ersten Aufzugs.

Zweiter Aufzug.

Nacht. Gefängniß im Turme. Man hört Kettengeraſſel und Aechzen. Ein Gefangner ruft von innen dem Andern im benachbarten Kerker zu:

Erſt. Gefang. Martin, hu! das war wieder eine Nacht! Haſt gehört, wie das Geſpenſt wieder rumort hier im Turme? und wie die Turmfahne klirrt, und die Käuzlein heulen!

Zweit. Gef. Habs wol gehört. Iſt allemal ſo, wenn einer von uns bald gerichtet wird. Dießmal bedeut's mich. Morgen wird mir's Leben abgeſagt werden, ſagte der Turmſchließer.

Erſt. Gef. Wie wirſt dann gerichtet.

Zw. Gef. Gerädert.

Erſt. Gef. Schade für Dich. Warſt einer unſrer bravſten Kerls.

Zw. Gef. Iſt ſchon ſo der Weltlauf. Brave Kerls rädert man, und Schurken hält man in Ehren — Laß mich noch ſchlafen.

Wallenfort,
(der indeß auf ſeinem ſchlechten Lager gelegen hatte, ſteht auf.)

Wo bin ich? — Wer bin ich geworden? — Bin ich noch Wallenfort? oder bin ich wirklich der Bösewichten einer, die hier für ihre Verbrechen büßen? — Gott, ist es möglich, kann auf Deiner Erde die Unschuld und Rechtschaffenheit, unter den verruchtesten Missethätern, im schmählichsten Gefängnisse schmachten? — — Wäre nicht dieß feste Bewußtsein: das Grauenvolle dieses Ortes, die Art wie man mich behandelt, könnten meinen alten Kopf beinahe mit Mistrauen gegen mich selber schwindelnd machen. Erhebe Dich, mein Herz! Du gehörst — Wallenforte!...... Aber ach! wie sich mein Weib und meine Tochter grämen werden! O die Armen! Gerne wollt ich mein Leid ertragen: wenn ich nicht Ihnen dadurch Jammer verursachen müßte.

(Man hört die Türe aufschließen.)

Leonore, nach ihr der Turmschließer.
Wallenfort.

Leonore. (die bleich und entstellt herein stürzt, und ihrem Vater um den Hals fällt) O mein Vater!

Wallenf. (sehr gerührt.) Meine Tochter!

(Sie liegen sich sprachlos in den Armen.)

Turmschießer (vor sich, indem er sich die Augen wischt.) Was ist das? Ich glaube gar 'ne Träne. Pfui Tomas! wirst Du eine Meme, da du alt bist?

Leon. (indem sie das Gefängnis betrachtet erschrocken.) Gott! diese Schauergrotte ist die Wohnung meines Vaters! des besten, des rechtschaffensten unter den Menschen! Wie ist es möglich? Welche teuflische Räuke hat die Boßheit gegen Sie geschmiedet?

Wall. Ich bin des Hochverrates beschuldigt. Es sollen Zeignisse gegen mich da sein. Ich soll mit den rebellischen Bauern, die des Fürsten Pallast stürmten, im Komplotte gestanden sein — ich, der ich sie mit aller möglichen Mühe zu besänftigen suchte; ich, der selbst die Ruhe unter ihnen wieder hergestellt habe!

Leon. Entsetzlich! Wie in aller Welt! konnte man gegen Sie einen solchen Verdacht fassen, und Ihnen darüber so mitfahren?

Wall. Das ist der Dank der Großen und der Lohn der Rechtschaffenheit. Bei Hofe ists wie im Viehstalle; alles voll Spinngewebe. Die Schmeißfliegen reißen durch, und die Mücken bleiben hangen. — Wehe dem Manne, der von der Gnade der Großen leben muß! — Da waren noch gute Zeiten, als man dem Kerl übers Ohr hieb, der dem Andern einen Fürstendiener nannte. *) Die elenden Toren, die das Verfeinerung der Zeiten nennen, was Sklaverei, was Läßigkeit im Menschen ist — die sich Wunderdinge auf die goldnen Ketten einbilden, woran sie schanzen müssen! Meine Tochter folge dem Rate, den ich Dir geben will. Gewöhne Deinen Sohn von Wurzeln und Kräutern zu leben;

---

*) S. Götz von Berlich.

verhärte ihn gegen äußere Eindrücke; pflanze Wildheit und Menschenhaß in seine Seele: daß er zurück scheuche vor dem Anblicke gabelförmiger Geschöpfe; dann — laß ihn hinauslaufen in den Wald; sich verkriechen vor den Menschen, und mit den Tieren leben in dunklen Gebüschen. Sieh, dieß ist Versorgung, dieß ist Glück! denn ausgeartet ist das Geschlecht unserer Brüder.

Leon. Ihr gerechter Schmerz, lieber Vater, erbittert Sie zu sehr. Es sind doch der Guten noch so viele unter uns; und man sieht hie und da noch so manches glückliche Häufchen.

Wall. Laß dich nicht vom Aeußern blenden. Misch Dich unter sie, erforsche ihre Verhältnisse, ihre Umstände; und Du wirst finden, daß sie weniger sind, als sie, als sie scheinen. Lux, Sklaverei, Bedürfnisse haben die Quelle des wahren Glückes vergiftet. Die wenigen Guten und Edlen werden mißgekannt, mißverstanden, verfolgt — mißkennen einander oft selbst; ein Teil zieht sich dann in sich selber zurück; der Andre schießt sich eine Kugel vorn Kopf, und der Dritte — stirbt auf dem Eschaffote.

Leon. Sie entwerfen ein schröckliches Bild vom Zustande der Menschheit, lieber Vater!

Wall. Schröcklich, aber wahr, meine Tochter!

Leon. Ich kann mich unmöglich überreden, daß die Menschen so böse seien, als Sie wähnen; und ich glaube, daß mehr Mißverständniß, als Bosheit unter ihnen herrsche.

Wall. Das macht Deine wenige Erfahrung und Dein gutes Herz. Mir giengs auch lange so. Möchtest Du nie vom Gegenteile überzeugt werden!

Leon. Ich denke, der Fürst ist ganz gewis nur hintergangen worden, hat sich etwa übereilt, und es kömmt nur drauf an, ihm die Augen zu öfnen. — — Darf ich Sie etwas bitten, bester Vater? und wollten Sie mir versprechen, mir meine Bitte nicht zu versagen?

Wall. Kann meine Tochter etwas bitten, das ich ihr nicht gewähren könnte? Es sei Dir versprochen.

Leon. Nun dann, bester Vater, lassen Sie mich zum Fürsten gehn. Er wird meinen Vorstellungen, meinen Bitten, meinem Weinen Gehör geben; ich werde Sie rechtfertigen — Sie — o Sie retten können! Gönnen Sie meinem Herzen diese Wonne, diese unaussprechliche Wonne.

Wall. Jede andre Bitte hät ich Dir lieber gewährt. Du weiß nicht, meine Tochter, was Du verlangst; kennst die Ränke der Höfe und die Schlingen noch nicht, die man der Tugend legt. Du bist jung und schön und — Weib: der Fürst ist feurig und wollüstig. Wer weiß, worauf es angelegt ist?

Leon. Ich bin Weib: aber ich habe Männerstärke. Und der Mensch soll noch geboren werden, der den Willen eines Menschen je bezwungen hat.

Wall. Wolan. Du willst, und ich habe Dir mein Wort gegeben. Es geschehe. Deine Tugend sei Deine Beschützerin.

Leon. (voll Freuden.) Ich eile ohne Verzug, Sie zu retten, lieber Vater. O, wenn ich Ihnen dann die Nachricht bringe, daß Sie — frei sind! welch ein Jubel für mein Herz!... Gott im Himmel! dießmal nur gieb Kraft meiner Zunge: daß meine Worte in das Herz des Fürsten dringen, und es erweichen zum Mitleid und zur Großmut! Dann — laß mich auf ewig verstummen. (Sie umarmt ihren Vater, und geht.)

Wall. Gott geleite Dich. Mögen meine Worte nicht an Dir wahr werden! —

Turmschl. Ein gutes, gutes Weib, bei meiner Seele! man muß sie lieb haben. (Gehn ab.)

Zimmer in des Fürsten Pallaste.

Der Fürst. Baron Ekkof.

Bar. Anfänglich wollten die Zeigen gar nicht recht mit der Sprache 'raus; suchten Wallenfortu stets überzuhelfen, seine Meuterei zu verschönern, und zu bemänteln. Ich ließ aber den Bengels brav mit der Ochsensehne zusetzen; drohte ihnen mit lebenslänglicher Zuchthausstrafe — wovon sie das schröckende Beispiel noch am Wildbieben in frischem Gedächtnisse hatten — das tat seine Wirkung. Die größten Bramar-

baſſe wurden wunzigkleine; bläßten ab, und
zitterten, wie das Laub vom Windſtoße, nnd —
ſagten eben, was ich wollte.

Fürſt. Genug; die Sache iſt zum Tode ge=
reift.

(Ein Bedienter tritt auf.)

Bed. Frau von Welten bittet, vorgelaſſen
zu werden.

Fürſt. (vor ſich.) Aha! kömmt der Vogel ſchon
ins Garn geflogen? (laut.) Man laſſe ſie her=
ein. (Zum Baron.) Verlaſſen Sie mich, lieber
Ekkof! (Der Baron geht.) Wie mir auf einmal
ſo enge ums Herz wird! als ob ich es wäre,
der von ihr Gnade flehen wollte.... Ich atme
ſchwerer... Weiber, Weiber! was könnt Ihr
aus uns machen!

Leonore, Ludwig, der Fürſt.

Leonore, (fällt mit Ludwigen an der Hand zu
des Fürſten Füßen.) Mitleid, Prinz! Erbarmen!
Erbarmen für unſern alten Vater! Er iſt un=
ſchuldig! (Der Schmerz erſtickt ihre Sprache.)

Prinz, (verwirrt und ſtotternd.) Liebe Welten!...
ſtehn Sie auf... was ſoll das?... ich kann Sie
nicht ſo ſehn.... (Beyſeite.) Ein heftiger Anfall!
Sei ſtark, mein Herz!

Leon. Nein, ich ſtehe nicht auf. Hier Prinz,
laſſen Sie mich zu Ihren Füſſen ſterben; oder
geben Sie mir meinen Vater wieder!

Fürſt, (ihr die Hand reichend.) Stehn Sie auf,
ſag ich.

Leon. O! wenn mein Schicksal, das Schicksal einer unglücklichen, verlassenen Wittwe, eines vaterlosen Kindes — (nach ihrem Knaben zeigend) — eines armen unschuldigen Greisen, Ihr Herz zu rühren vermag: ach! so beschwör ich Sie, Prinz, haben Sie Mitleid — (Sie umfaßt seine Knie) — helfen Sie; ich lasse Sie nicht eher: oder töden Sie mich zu Ihren Füßen.

Ludwig. O. ich habe ja keinen Papa mehr. Lassen Sie mir doch meinen lieben Grospapa: die Mama weint sich ja sonst zu tode, und darnach hab ich auch keine Mama mehr! (weint.)

Fürst, (gerührt, leise.) Welcher Kampf! (laut.) Guter Knab! — Wenn Sie mich nicht erzürnen wollen: stehn Sie auf; oder kein Wort mehr. (Hebt sie auf.) Sie bitten für Ihren Vater. Aber wissen Sie auch, welches Verbrechens er sich schuldig gemacht hat? Er ist ein Rebelle, ein Hochverräter.

Leon. Mein Vater? Er, der Ihrem Hause so lange, so treu und eifrig gedient hat! O es ist nicht möglich, Prinz! es ist nicht möglich. Um des Himmels willen! lassen Sie sich nicht von der Bosheit seiner Feinde gegen ihn täuschen.

Prinz. Ich würde es selbst nicht geglaubt haben: aber die Sache ist erwiesen. Er ist — des Todes schuldig.

Leon. (Mit einem lauten Schrei zurückfahrend.) Gott! des Todes!!...

Fürst.

Fürst. Sein Sie ruhig. Ihr Fürst liebe Welten, ist Ihr Freund. O was tät ich nicht für Sie! wenn Sie weniger unempfindlich gegen meine Liebe wären. Sie wissen lange, was ich für Sie fühle, dulde. Aber Sie sind grausam und unerbittlich gegen meine Leiden; und Sie können verlangen, daß ich Ihnen Mitleid und Gnade erzeigen solle?

Leon. O mein Fürst! kann man durch die lebhafteste, zärtlichste Verehrung; kann man durch die innigste, stärkste Dankbarkeit, sich Ihrer Gnade würdig machen: so bin ich gewiß, daß es niemand mehr ist, als ich.

Fürst. Sie kennen die Neigung, die ich von Ihnen flehe. Noch einmal, Lenore, wiederstehen Sie meinen Bitten nicht länger — und Ihr Vater soll von dem Augenblicke frei und in Ehren sein; ich will Sie, Ihren Ludwig, Ihre ganze Familie mit Reichtum und Glücke überhäufen; will Ihr zweiter Vater sein. Sein Sie vernünftig, meine Welten. Sie sind frei; Ihr Mann ist tod; keine Bande halten Sie mehr von mir zurücke. Tretten sie also Ihr Glück, das Glück Ihres Vaters und der Ihrigen nicht so unbesonnen unter die Füße, aus überspanten Begriffen, die Sie sich von einer schimärischen Tugend in den Kopf gesetzt haben. Ist es Tugend, Ihren Vater dem Tode, Ihre Familie dem Elende Preis zu geben? — Denken Sie, was Sie tun; bedenken Sie die Vorwürfe, die Ihnen einst Ihr Herz darüber machen wird.

Leon. Um Gotteswillen Prinz! halten Sie ein, mich zu foltern. Laſſen Sie mir wenigſtens Zeit. Das Andenken an meinen Eduard iſt noch zu neu in meiner Seele; die Wunde, die ſein Tod meinem Herzen ſchlug, ſchmerzt noch zu tief. —

Fürſt. Ausflüchte; womit Sie mich vergebens zu täuſchen ſuchen. Sie haben den Tod Ihres Mannes bald drei Vierteljahre betrauert; aller Ehre genug. Was kann dieß ihm und Ihnen helfen, wenn Sie noch ſo viel Jahre um ihn weinen? Glauben Sie mir, Leonore, Ihr Mann war ſo vernünftig, er würde das ſelber nicht von Ihnen fodern.

Leon. (leiſe.) Bald wär ich ſchwach genug geweſen, die Hofnung des Laſters zu nähren. Aber die Erinnerung an meinen Eduard gibt mir neue Schnellkraft. (Laut.) Nicht von mir fodern? — Verfluchen würde er mich, wenn ein Geiſt noch fluchen kann; ſein Schatten würde mich Tag und Nächte quälen; wofern ich je aufhören könnte, ſeiner wehrt zu ſein. Nein, Prinz! (in einem geſetzten Tone:) die Gattin Eduards wird nie anders als tugendhaft ſein!

Fürſt. Die Tochter von Wallenfort ſollte weniger ſtolz mit mir ſprechen. Erinnern Sie ſich, daß Ihr Vater in meiner Gewalt iſt. An meinem Winke hangt sein Leben; und verschmähte Liebe gebührt Rache.

Leon. (die ihm zu Füßen fällt:) Hier Prinz! sättigen Sie Ihre Rache in meinem Blute; zerfleischen Sie dieß Herz, das nicht Ihre seyn kann; tödten Sie mich, ich beschwöre Sie, tödten Sie mich! daß Ihre Rache sich abkühle, und meines armen Vaters schone.

Fürst. Nein Undankbare! so gut soll Dies nicht werden. Zeigen will ich Dir, daß ich so grausam sein kann, als Du bist. Kann meine Liebe Dich nicht rühren: soll meine Rache Dich zittern machen! Dein Vater soll sterben, den Tod der Hochverräter, und seine ganze Familie sei verbannt aus meinem Lande! Der dritte Tag, der kömmt, soll Wallenforte tod, und Euch hinausgeschleudert ins Elend sehen. Dann — frolocke Törin! über den Triumph Deiner Tugend! — (ab.)

Leon. (steht lange starr und sinnlos da.) Ha! Du hast recht, mein Vater! Du hast recht. Das Ungeheuer! Gott, erbarme Du Dich, meines Vaters und unser! (ab.)

Zimmer in Wallenforts Hause.

Kunigunde allein.

Ja, ja! das sind die Strafen Gottes. Eduard war ein Freidenker; seine Frau hat auch so ihren Teil von seinen Grundsätzen eingesogen; steckt schon ihrem Knaben damit an; der Bube soll keine Gebete auswendig lernen; soll die Natur betrachten; nicht in die Kristenlehre gehn, und dergleichen. Da siht man die schönen Früchte! Den Vater hat Gott schon von der Erde vertilgt, und nun treffen auch uns seine schweren Gerichte. „O Herr! richte uns nicht in Deinem „Grimm, und ergreife uns nicht in Deinem „Zorn."

Leonore, Kunigunde.

Leon. (kömmt bebend herein, und sinkt auf einen Stuhl.) Ha, meine Mutter! wir sind verloren, verloren!

Kunig. Um Gotteswillen, Kind! was ist es? rede deutlicher.

Leon. Der Fürst.... mein Vater.... ich kanns nicht aussprechen!

Kunig. Sprich doch, sprich, was ist ihm geschehen, deinem Vater?

Leon. Er soll — sterben!

Kunig. Jesus!

Leon. Und wir werden — ins Elend verbannt!

Kunig. Wie ist mir?... Leonore!... (Sie wankt ihrer Tochter in die Arme.)

Leon. (in Angst.) Mutter, liebe Mutter! erholen Sie sich. Es ist noch Rettung.

Kunig. (matt.) Rettung, sagst Du? — Wie meine Tochter, wie?

Leon. (verwirrt.) Der Fürst wollte..... er sagte.... von Liebe.... von.... wenn ich ihm seine Wünsche gewährte......

Kunig. Und du?

Leon. (gesetzt.) Ich schlug seine Anträge aus: denn ich weiß, daß mein Vater mir fluchen würde, wenn ich ihm sein Leben um diesen Preis erkaufte.

Kunig. Hm! ja! Dein Vater ist über gewisse Punkte ein wenig skrupulöse. Aber — wenn dieß das Einzige wäre — könnte manns wol verhindern.

Leon. Und wie dann?

Kunig. Nun, weil du fragst — wenn man ihm die Ursache seiner Rettung nicht wissen ließe. Aber es sei ferne von mir, daß ich Dir darüber zureden wollte. Zwar mein Beichtvater spricht: man könne wohl manchmal ein Uebel thun; um ein Größeres zu verhüten; und es sei keine Sünde, was nicht mit unserm Willen geschehe — Doch behüte mich Gott! daß ich damit sagen wollte, Du solltest — Verstehst du mich?

Leon. Ich verstehe Sie vollkommen.

Kunig. Freilich seinen Vater vom Tode und seine Familie vom Elende retten können, und nicht sollen — ist grausame tödende Marter für ein Kind. — Aber Du bist klug genug; und weißt, was Dich Tugend und Rechtschaffenheit in diesem harten Kampfe lehren. (Sie geht.)

Leon. (nachdenkend.) — Und weißt, was Dich Tugend und Rechtschaffenheit in diesem harten Kampfe lehren. — Ja, ja! ich weiß es; ich will es: aber nicht wie Du denkst, Mutter! Ich will Dir zeigen, wie Laster und Tugend in diesem Kampfe gepaart gehn; oder wie Laster Tugend wird. (Geht ab.)

Ende des zweiten Aktes.

Dritter Aufzug.

Wallenforts Wohnung.

Leonora allein,

(im düstern Tiefsinne.)

Ich habe das Opfer der kindlichen Liebe gebracht. Es ist noch übrig, daß ich jenes der beleidigten Ehre entrichte. (Sie zieht ein Fläschchen hervor.) Wohlthätiger Zaubertrank! wenige Tropfen von Dir sind vermögend, alle Gewalt der Großen, alle Kabale der Bosheit zu zerstören, allen Kummer, alle Sorgen, alle Leiden der Menschheit mit einem Male zu enden, uns in ein neues Leben hin zu zaubern! Welcher Unglückliche wollte Dich nicht lieben? Und es sollte Verbrechen sein, sich Deiner Wunderkraft, des Hilfmittels im Elende zu bedienen? — Daß doch der Mensch den Andern so gerne ans Leben fesseln mögte; um seine Gewalt über seinen Bruder desto freier ausüben zu können, und uns eine Kette mehr anzulegen, die uns ans Joch der Großen schließet! — Liebe zum Leben! Erhaltung unseres Selbst! Du bist ein heiliger Trieb, bist Pflicht der Natur. Aber kannst Du den Menschen vergessen machen, daß er weit wesentlichere Pflichten habe: dann bist Du eine niedrige, schändliche Schwäche, die den Freigebornen zum elenden Sklaven herabsetzt. — Leben — Verbindung mit der Gesellschaft — Kann ich dafür, daß ich gebohren ward? und kann ich gezwungen werden, eine Verbindung zu halten, die ohne mein Wissen und Wollen geschlossen worden ist? — Das Band, das uns an die Gesellschaft schlinget, ist unser Wohlstand. Ist dies getrennt: ist der Mensch frei. — Sterben — Tod. — was ist das? Ein Traum, ein leerer Schall. Wenn ich nun aufhöre zu sein, unter dieser Gestalt: bin ich darum weniger unter einer Andern? — Aber so eingeschränkt ist der Mensch, daß er für seines Daseins Ursprung und Ende keinen Sinn hat. —

Nun dann zur Sache. (Sie fährt mit dem Fläschchen gegen den Mund.) Ha! Du zitterst, Weiberherz? Ermanne Dich. Der ist weniger, als ein Weib, der es nicht über sich vermag, eine Pille zu verschlingen; weil sie bitter schmecket. Einen kühnen Schluck — und bald wird Dich nichts mehr zittern machen. (Sie trinkt es aus.) Ha! es ist geschehen! geschehen! — Gott! tröste meinen Sohn, meinen Vater. Ich hör ihn kommen. O! ich kann seinen Anblick nicht ertragen.

(Geht.)

Wallenfort, hernach Baron Ekkof.

Wall. Welche plötzliche Veränderung ist mit mir vorgegangen! Vor wenig Stunden noch in einem graunvollen Kerker — unter Missethätern — des Todes schuldig erkannt — itzt wieder im Schoße meiner Familie — frei — in Ehren und Sold eingesetzet.

Baron Ekk. (tritt herein.) Der Fürst schickt mich zu Ihnen, Herr von Wallenfort! Es ist ihm nicht genug, Ihnen Ehre und Freiheit wieder gegeben zu haben: er will Ihnen auch zeigen, daß er eben so gerecht als strenge ist; daß er verkannte Unschuld und Rechtschaffenheit eben so sehr zu belohnen, als Laster zu bestrafen weiß. Hier, (indem er ihm ein Papier überreicht;) ernennt er Sie zu seinem Presidenten, und bestimmt Ihnen eine jährliche Erhöhung Ihres Gehaltes von 600 Thalern.

Wall. Der Fürst ist allzu gnädig. Ich habe diese Gnade so wenig, als kurz vorher seine Ungnade verdient; und ich nehme nicht gerne etwas an, das ich nicht verdient habe. — Ich bin alt und niedergebeugt vom Unglücke; ich würde der Stelle, die man mir zudenkt, schlecht vorstehn. Es giebt derer, die sie besser versehen werden, als ich. Behalt ich nur das, was ich genieße: so kann ich mit meiner Familie leben, und damit bin ich zufrieden. (bedeutend.) Ehre aber, Herr Baron, ist ein Ding, das alle Ge=

walt und alle Fürsten der Erde dem Menschen
weder geben, noch nehmen können. — Ich dank
also dem Fürsten mit gerührtem Herzen. Seine
Gnade für meine Familie nach meinem Tode ist
das Einzige, um das ich bitte.

Baron, (leise.) Ein sonderbarer Mann! (laut.)
Sie sind zu grosmüthig, Herr von Wallenfort;
übereilen Sie sich nicht. Ich lasse Ihnen noch
Zeit, sich zu bedenken, eh ich die Antwort dem
Fürsten bringe

Wall. Ich bin bedacht, Herr Baron. Es
bleibt unveränderlich bei dem, was ich Ihnen
sagte.

Bar. Nun, wenn Sie dann wollen, so
werd ichs dem Fürsten melden.

Wall. Thun Sie das. (Der Bar. geht. Wallenfort begleitet ihn in die Thüre.)

Wall. (allein.) Geh nur, Sklave Deines Fürsten!
Sprich immer von Belohnung der Rechtschaffenheit, die Du nicht kennst, von der Gerech-
tigkeit des Fürsten; preise seine Grosmuth. Mich
täuscht Ihr nicht mit den prächtigen Namen,
womit Ihr Eure Lumpenleidenschaften, so wie
Eure Beschäftigungen, behängt. Ich kenne den
Fürsten zu gut, um zu wissen, daß ihm Grosmuth nicht natürlich ist; daß er aus ganz andern Trieben handelt. (nach einigem Nachdenken.)
Wie? — Welch ein schröcklicher Blitzstrahl zuckt
durch meine Seele! — Meine Tochter war beim
Fürsten — wie? wenn sie — — Meine Seele,

bebt vor dem Gedanken zurücke. — Zwar ich
kenne ihre Tugend: aber ich kenne auch ihre
Liebe zu mir; kenne den Prinz, und die Fall=
stricke der Verführung. — Da kömmt sie.
Welche Schwermuth in ihrem Gange! Welche
Verwirrung, welcher ungewöhnliche Tiefsinn in
ihrem Blicke, auf ihrer Stirne!

Leonore, Wallenfort.

Leonore, (tritt herein, in düsterem Tiefsinn und
ohne ihrem Vater zu bemerken, vor sich.) Gott, Du
solltest den Unglücklichen von Dir stossen können,
der seine Wanderschaft hienieden abkürzt, und
früher zu Dir heimeilt, Vater? Nein, ich fühls,
tief im Innersten, Du wirst, Du kannst es nicht
thun, (indem sie ihren Vater gewahr wird.) Ah!
Sie da, mein Vater!

Wall. Lora! Was sollen diese Selbstgespräche,
diese Verwirrung, diese zerstörte Blicke? Dies
ist nicht der Ausdruck der Freude, die Du über
meine Rettung haben solltest.

Leon. (fährt zusam.) Rettung — ha! Ihre
Rettung — ich freue mich ja darüber, bester
Vater! Aber verzeihen Sie; mir ist nicht wohl.

Wall. Warum so betroffen? Lora! Lora!
Dir nagt ein geheimer Kummer am Herzen.
Er steht leserlich in Deinen Zügen geschrieben.
Geuß ihn aus in das Herz Deines Vaters.
Hab ich aufgehört, Dein Freund, Dein Ver=
trauter zu seyn?

Leon. (fällt ihm gerührt zu Füßen.) O mein Vater! dringen Sie nicht in mich, ich bitte Sie. Verlassen Sie mich; verlassen Sie eine Unglückliche!

Wall. Was soll das? Meine Tochter! steh auf; rede, ich beschwöre Dich, rede.

Leon. O ich getraue mich nicht, mein Angesicht zu Ihnen aufzuheben. Ich bin der Verworfensten eine; und doch — bin ich nicht strafbar.

Wall. Du, erschröckst mich. Sollte meine Ahndung eingetroffen haben — Gott! sollte meine Tochter — — — — —

Leon. O! geben Sie mir diesen Namen nicht mehr: ich bin ihn nicht wehrt; ich hab ihn entheiligt den Namen Ihrer Tochter. Und doch — doch war ich es nie mehr, als in dem Augenblicke, da ich ihn entheiligte. O verzeihen Sie mir, bester Vater, verzeihen Sie mir, daß ich Sie mehr liebte, als Sie selbst wollten! Sonst nichts — nichts in der Welt konnte mich zu einem Schritte verleiten, den ich in eben demselben Augenblicke am stärksten verabscheute.

Wall. Genug, genug! Welches schröckliche Licht verbreitet sich mir über einen scheuslichen Abgrund! (knirschend.) O ich unglücklicher Mann! kann Kerker und Todesstrafen entsetzlicher seyn? — Aus meinen Augen, Bastarte! Verflucht seist Du! verflucht der Schandbube! Gottes Zorn treffe Euch in Ewigkeit!

Leon. Halten Sie ein, um Gotteswillen! fluchen Sie meiner nicht; fluchen Sie Ihrer sterbenden Tochter nicht! Ich habe mich selbst bestraft; ich habe das Opfer meiner Ehre gebracht, das ich ihr schuldig war. Fassen Sie sich, bester Vater! Sie müssens doch erfahren. Ich habe — Gift!

Wall. (heftig zusamschaudrend.) Gift!! Meine Tochter! o meine Tochter! was hast Du gethan? (Fällt ihr um den Hals.) O! es ist Dir vergebrn, alles vergeben. Ich nehme sie zurück, meine Flüche. Lebe, meine Lora! lebe! — He, Leute den Arzt, den Arzt, Leute!

(Ein Bedienter kömmt.)

Leon. Machen Sie kein Lermen, lieber Vater! Es ist all vergebens. Meine Vorsicht hat alle Mittel vereitelt — jede Hülfe ist zu späte — das Gift wirkt schon.

Wall. O Grausame! Gott! warum mußt ich das erleben? warum ließest Du mich nicht lieber durch die Hände des Henkers sterben? — Weh mir armen, verlaßnen Manne! lege Dich in die Grube, alter, grauer Kopf, leg Dich in die Grube! (Der Bed. geht mit allen Zeichen des Schröckens und der Betrübnis, ab.)

Leon. Verzeihen Sie, lieber Vater, daß ich Ihnen diesen Kummer verursachen mußte. Konnt'

ich mein Leben besser anwenden, als es für
meinen Vater hinzugeben — ein Leben, das mir
ohne meinen Eduard ohnehin zur Last war?
Sein Sie dann ruhig, mein Vater! ich bins
auch. Verbittern Sie mir den süßen Trost nicht,
für Sie zu sterben. Versprechen Sie mir, ich
beschwöre Sie durch meinen Tod, versprechen
Sie mir ruhig zu sein.

Wall. O werd ich — werd ich das in mei=
nem Leben je wieder sein können? —

Leon. Lassen Sie uns die wenige Zeit be=
nutzen, die ich noch zu leben haben werde. Ah!
ich fühle die Wirkung des Giftes. — O mein
armer Ludwig! Ach, ich kann ihn nicht mehr
sehen: es würde mich zu sehr angreifen. Vater!
sein Sie auch sein Vater. Nehmen Sie sich
des unglücklichen Waisen, als Ihres Kindes an,
wenn ich tod bin. Hätten wir das gedacht,
daß auch ich ihn so frühe verlassen müßte? (der
Schmerz erstickt ihre Sprache.)

Wall. (mit unterdrücktem Schluchzen.) Beunru=
hige Dich seinetwegen nicht, meine Tochter!
Seine Erziehung sei mein einziges Geschäft, die
Tage hindurch, die mir mein Gram noch übrig
läßt. O er ist mein einziger Trost, den ich
noch habe; und meine Vorsicht soll ihn, auch
nach meinem Tode noch, auf sein ganzes Leben
glücklich machen.

Ein Bedienter kömmt eilends herein.

Bed. Eine bepackte Kutsche ist den Augenblick im Hofe vorgefahren. Ein Herr sprang heraus, der einem Offiziere gleich. Schon eilt er die Treppen herauf. Da ist er selbst. ab.

Eduard von Welten in Reisekleidern.

Die Vorigen.

Ed. v. Welt. (mit ofnen Armen über Loren hinstürzend.) Meine Lora! (dann über den Vater.) Mein Vater!

Leon. (zu gleicher Zeit mit einem heftigen Schrei.) Jesus! mein Eduard!! (sinkt ohnmächtig nieder. Eduard fängt sie auf, und setzt sie auf einen Stuhl.)

Wall. (vor sich.) Gott was ist das? was wird das werden? was mach ich? was sag ich ihm?

Eduard, (der Lenoren an sein Herz drückt.) O mein Weib! meine Lora! komme zu Dir, komme zu Dir! freue Dich! Ich habe Dich wieder! (nimmt den Vater voll ungestümmer Freude bei der Hand.) Mein Vater! freuen Sie sich mit mir! wir haben uns wieder! Ich habe meinen Vater, meine Lora wieder! — O wie oft war mein Geist hier unter Ihnen! Und — nun bin ich wieder da! — Aber mich dünkt, Sie freuen sich nicht so recht, lieber Vater! Lieben Sie mich dann nicht mehr, wie zuvor?

Wall. (leise.) O ich halts nicht aus. (fällt ihm um den Hals.) O mein Sohn!!... (Nach einer

Pause.) Ich kann noch nicht von meinem Erstaunen zurücke kommen. Um des Himmels willen! wie kommen Sie hieher? Wir haben Sie, vermög Briefen, die selbst der Fürst vom Regiment erhielt, längst vor tod beweint.

Eduard. Wie? Sie haben also meine Briefe nicht erhalten; die ich, der Sicherheit wegen, jedesmal in das Paquet einschloß, das unser Oberster an den Fürsten schickte?

Wall. (vor sich.) Ha! geht mir ein neues Licht auf. Der niederträchtige Verräther!

Ed. Was sagen Sie da?

Wall. Nichts, nichts. — Armer Mann! wären Sie nie gekommen! Welche Donner des Schröckens warten hier auf Sie! Wie viel besser wär es gewesen, daß eine wohlthätige Kugel im fernen Amerika Ihr Herz getroffen hätte! Mußten Sie diese weite Reise vollenden; damit es noch ein weit schröcklicherer Schlag zermalme? Rüsten Sie sich mit Muthe; Sie müssens doch erfahren.

Eduard. Ich bin Mann — ich bin auf alles gefaßt. Sagen Sie mirs. Ich sehe meine Frau in Trauer — ist mein Ludwig tod?

Wall. O wollte Gott, wollte Gott, es wäre nur dies, Sohn! Du würdest dem Himmel drum danken. Unglücklicher! zu welcher Stunde mußten Sie kommen? — Ihr Weib ———!

Eduard. Ha! ich sehe ——Gott! kein Zeichen des Lebens! Meine Lora! tod! tod!

Wall. (vor sich.) O! daß sie nie wieder erwachen mögte?

Ed. (über sie hinfallend.) Lora! Lora! erwache! O ich Unvorsichtiger!

Lora (bewegt sich in konvulsivischen Zuckungen.)

Eduard. O sie lebt noch! sie lebt noch! Lora! schlage Deine Augen auf; sieh mich an, Deinen Eduard!

Leonore (schlägt die Augen auf, und fährt zusammen.) Ha! bist Du der Geist meines Eduards? Kömmst Du, mich vor meinem Ende noch zu quälen? O! ich habs verdient!

Eduard. Erhole Dich, liebes Weib! ich bin Dein Eduard selbst. Unsere Briefe sind unterschlagen worden. Ich lebe noch!

Leon. Du lebst noch? — — — O ich unglückliches Weib! Armer Mann! — (fällt ihm um den Hals, und weint. Ueber eine Weile mit konvulsivischer Bewegung und verbissenen Schmerzen.) Wehe! wehe!

Eduard. Was bedeutet all das? — Ach! enthüllen Sie mir dieß schröckliche Dunkel. Reden Sie — mir ahndet fürchterlich. (Es wird Nacht.)

Kunigunde, die Vorigen.

Kunig. Gott! was hör ich? Meine Tochter — — — (stürzt über sie hin.) Leonore, o Leonore! verzeih Deiner Mutter. Ha! ich — zu meiner Buße will ichs öffentlich bekennen —

ich bin Schuld an Deinem Tode! ich habe Dich beredt, dem Fürsten Dich zu opfern, für Deinen Vater — ich bin die Giftmischerin, die Mörderin meiner Tochter!! Tödtet mich! daß ich nicht selber mich tödte; daß mich der grausam nagende Wurm nicht tödte, der langsam an meinem Herzen frißt! O meine Tochter!.....

Eduard. Entsetzliche Entdeckung!! — (sinkt sinnlos auf einen Stuhl, und bleibt in starrer, unbeweglicher Stellung.)

Wall. Himmel! ists möglich? O Greul über Greul! o Entsetzen!....

Leon. Glauben Sie nichts, mein Vater! Der Schmerz hat ihre Fantasie erhitzt. Sie hat keine Schuld. Sein Sie ruhig, liebe Mutter! Ich würde ohne Sie das Nemliche gethan haben. — Eduard! kannst Du mich noch ansehn: o! so laß nur einen Blick mir sagen, daß Du mir verzeihst. Ich war Dir nicht ungetreu: ohngeachtet wir aus glaubwürdigen Nachrichten Dich — wie Dir mein Gewand zeigt — vor todte hielten. (matt.) Ich fiel in das Gewebe, das ein Bösewicht von Fürsten, mich zu haschen, über meines Vaters Haupt spann. Ich habe meinen Vater vom Tode und meine Familie vom Elende gerettet; und erfüllte die Pflicht der kindlichen Liebe — ich konnt es nicht, ohne Verletzung meiner Tugend; und ich bestrafte mich für diese, und erfüllte die Pflichten der Ehre. — Der Tod ist ein Opfer, das wir der beleidigten Ehre schuldig sind. Ich hab es ihr gebracht, und ich war ruhig. Aber nun!.... Da ich meinen Eduard wieder habe..... Da ich erst meines Lebens froh sein könnte:... ach! nun zu sterben!..... o schrecklich!.... das ist ein Gefühl ohne gleichen!.....

Eduard (wirft sich um ihren Hals. Beide weinen.) O meine Lora! — Nichts nichts soll uns trennen mit Dir will ich sterben. Ach, mußt ich darum Dich wieder finden; um in dem nemlichen Augenblicke Dich auf ewig zu verlieren?....

Leon. Du mußt leben, Eduard! leben um unsres Ludwigs, um unsers Vaters willen, dem du die Stütze seines Alters sein sollst, statt meiner.... Oh! es brennt, es schneidet!..... Eduard, Deine Hand! (sie legt sie auf ihr Herz.) Wehe, wehe! ich fühle die Annäherung des Todes..... O mein Herz! mein Herz!

Eduard. Gott im Himmel! ich halts nicht aus. Meine Brust zerspringt.

Leon. Ha der Traum! der Traum mein Vater! Der Sturm — mein Eduard in Wolken — das Ungeheuer, das mich in dem Augenblicke verschlang! — — (sie bäumt sich konvulsivisch in die Höhe, und fällt wieder zusam.) Ha! welche Schmerzen! (schwächer und abgebrochen.) Vater! Mutter! Eduard!.... habt Dank für Eure Liebe.... verzeiht mir die Qualen, die ich Euch mache durch meinen Tod.... betrübt Euch nicht zu sehr um mich.... wir sehen.... uns wieder.

Kunig. (die indeß mit allen Zeichen der heftigsten Unruhe und der unbändigsten Schmerzen, bald die Hände ringend auf und ab läuft, bald starr vor sich hinsieht.) Ich kanns nicht länger ertragen? Wo lauf ich hin? Wo flieh ich hin, vor der Höllenqual, die mir das Herz zerdrückt, und die Kehle zuschnürt, wie einem Besessenen. Wehe mir! das thut der böse Geist; er läßt mir keine Ruh. Seht Ihr ihn dort? Jesus, steh mir bei! (läuft ab.)

Eduard (und Wallenfort stehen, und starren betäubt im höchsten Grade des Schmerzens.)

Leon. (immer schwächer.) Es wird dunkel vor meinen Augen..... wehe!..... O wie wird mein armer Ludwig jammern!..... Vater! Eduard... Euch empfehl ich noch einmal den Knaben.... Meine Sinne.... vergehn mir..... O! wie wird mir!... Lebt wohl!.... Eduard!.... Wa.... (sie stirbt.)

Eduard. (fällt ungestümm über sie hin; schreit.) Lora! Lora! mein Weib! (er bleibt betäubt liegen.)

Wall. Meine Tochter! (nimmt sie bei der Hand und läßt sie wieder fallen.) Ach! sie ist tod, tod! Mein Trost, meine Freude hin! hin! (schlägt die Hände überm Kopfe zusam.)

Eduard. (fährt wild auf, und zerrauft sich die Haare.) Gott! harter Gott! hast Du mir genommen, was mir mehr war, als mein Leben; nimm mir auch dies. — nimm mirs! — Hast Du keine Blitze mehr, keine Gewalt in der Na=

tur, mich plötzlich zu zernichten? ha! so hab ich sie, hab ich sie! (er zieht einen Dolch hervor, und zuckt ihn gegen seine Brust, Wallenfort entreißt ihm denselben.)

Wall. Was willst Du machen, Unglücklicher? Du empörst Dich wieder Deinem Schöpfer!

Eduard. Grausamer Mann! mir meine einzige Wohlthat zu rauben! Ha! Luft! Luft! ich ersticke.

Der Fürst, die Vorigen.

Der Fürst, (in einen Mantel gehüllt.) Wo ist sie? wo ist sie? O ich muß, ich muß sie noch einmal sehen, ihre Vergebung erhalten! Lora! (will sich vor sie hinwerfen.) Gott! sie ist todt!

Wall. Zurücke Tiran! Entheilige nicht durch Deine Annäherung diesen Leichnam. Kömmst Du noch unser zu spotten?

Eduard. Ha Ungeheuer! (faßt ihn an der Brust, und führt ihn zum Leichname, bebend vor Wut.) Ha, siehe! das ist Dein Werk! Sieh diese starren gebrochnen Augen — sieh dies erblaßte Gesicht — sieh diese Todesschmerzen in jedem Zuge — sich! kühle noch einmal in diesem Anblicke Deine mörderische Wollust; schlürf ihn ganz aus, den Wonnebecher der Hölle — berausche Deine schwarze Seele mit Mordlust, mit Geilheit, mit Schadenfreude, mit allen

Gefühlen der Teufel — häufe noch einmal allen Zorn Gottes, alle Flüche, alle Vermaledeiungen der Menschen auf Dein verruchtes Haupt — das Jammergeheul durch Dich unglücklich gewordener Familien, kinderloser Eltern, verwaißter Kinder, dringe mit vereintem Schalle vor den Thron des Richters, und schreie mit mir: Rache! Rache! — dann — dann — mit Gottes schwerstem Grimme belastet — fahre Teufel, zu Teufeln!

(Er zieht den Degen, und stößt ihn nieder. Der Fürst macht Bewegung übern Leichnam hinzufallen. Eduard schleudert ihn weg, und er fällt zurücke.)

Wall. Unsinniger! was hast Du gethan?

Eduard. Meine Lora gerächet, und mein Vaterland von einem Ungeheuer befreyt! Ha! ha! ich schnaube leichter.

Wall. Eile schleunig, Dich zu retten, lieber Eduard! man wird Dich sonst ergreifen, und es wird Dir das Leben kosten.

Eduard. Ich fürchte den Tod nicht; er wird mich zu meiner Lora bringen!...

(Beide beugen sich im Ausdrucke des tiefsten Schmerzens, in einer rührenden Gruppe über Sie hin.)

Verzeichniß der Bücher,

welche

bei Johann Gottlob Pech, Buchhändler,

in Frankfurt am Mayn verlegt sind.

An den Verfasser der vor kurzem erschienenen Schrift, betittelt die Titanen über die Frage was ist die Seele und dessen Schilderung der Geistlichkeit, 4. 4 gg. oder 12 kr.

Bunzels, S. Chr., neues kaufmännisches Rechenbuch, 2 Theile, gr. 8. 2 Rthlr. oder 3 fl.

Erörterung, historisch politische, der Wahleigenschaften, Wahl und Krönung eines römischen Kaisers, nebst einem Anhange von dem kaiserl. Titel und Hofstaat, von H***, gr. 8. 8 ggr. oder 30 kr.

Klencks, E. von, politisch litterarische Blätter, 8. 16 ggr. oder 1 fl.

Königs, D. J., Gedichte mit Kupfer und einer in Musick gesezten Ballade, 8. 1 Rthlr. oder 1 fl. 30 kr.

Laster ist oft Tugend, oder Leonore von Welten, ein Originaltrauerspiel, nach einer wahren Geschichte bearbeitet, von Dr. Geiger, 8. 5 ggr. oder 18 kr.

Materialien zu der Geschichte, Statistik und Tipographie der deutschen Reichsgraffschaften, 1tes Heft, 8. 9 ggr. oder 36 kr.

Reise eines Erbbewohners in den Mars, 8. 8 ggr. oder 24 kr.

Schmolkens, B., Morgen und Abendandachten, neue rechtmäsige Auflage, 8. 6 ggr. oder 24 kr.

Untersuchung der Frage — wie bestand die Ritterwürde in aeltern Zeiten und welche Ursachen wirkten so mächtig zu ihrer Veränderung, 8. 5 ggr. oder 15 kr.

Unter der Presse sind folgende Werke, welche theils bis Neujahr, theils bis künftige Oster-Messe 1791 fertig werden.

Snell, M. J. P., Grundriß zu einem vollständigen Religions-Unterricht zum katechetischen Gebrauche für Confirmanten, 8.

— — J. G. L., neue Uebersezung und Erklärung der Apostelgeschichte, auch zum Gebrauch für Schullehrer und Prediger, mit einer Vorrede von Herrn Professor Schulz in Giessen, 8.

Essai d'une Grammaire archevé, ou traité de l'Etimologie de la syntaxe françaife avec des tables, par Chaftel, gr. 8.